QUANDO VOCÊ QUISER SE ESCONDER

A hora de Zoe brilhar

EDWARD T. WELCH
Editor

JOE HOX
Ilustrador

A neve brilhante e branquinha adornava
os topos das árvores e das casas da Campina das Amoreiras.
Ela cobria o lago congelado, tocas escondidas
e o bangalô da família Camundongo.

Na cozinha estavam Papai e Mamãe Camundongo, com suéteres de tamanho adequado a camundongos, mexendo uma panela de mingau. Eles conseguiam ouvir a filha, Zoe, cantando no chuveiro ao final do corredor, como ela fazia quase todas as manhãs antes de ir para a escola.

— A voz dela é, simplesmente, a coisa mais doce — disse Mamãe.

Papai concordou, colocando uma colher cheia de mingau numa tigela.

Logo Zoe chegou, pegou sua parte do café da manhã, despediu-se de Mamãe e Papai com um abraço e saiu correndo para ir à escola.

A cada manhã da semana, a amiga de Zoe, Layla, observava ansiosamente de sua janela, esperando até o último segundo possível para pisar do lado de fora.

— Está tão f-f-f-frio! — estremeceu Layla enquanto descia saltitando pela escada de sua casa.

— Vamos cantar para tirar nossa atenção do frio! — exclamou Zoe.

E, assim, as duas amigas cantaram ao longo do caminho, trotando pela neve, sorrindo no ar fresco da manhã.

Tendo chegado à escola, elas imediatamente observaram vários cartazes fixados em árvores. Layla leu em voz alta:
— Testes para Clube de Teatro nesta terça-feira! Todos são bem-vindos para se candidatar para o musical de primavera: *O sonho de Maria*.

— Será amanhã! — gritou Zoe. — Nós precisamos fazer o teste!

Naquela tarde, indo para casa, Zoe e Layla
cantaram todas as canções que podiam lembrar: canções
da escola, músicas da igreja, canções de filmes e inventadas. Isso preservou
a mente delas do frio e ajudou a prepará-las para o dia seguinte.

Enquanto cantavam juntas, Layla tinha uma afinação perfeita. No ponto.
Certamente conseguiria um lugar no musical! Mas Zoe frequentemente usava
tons muito altos ou muito baixos — muito agudos ou muito dissonantes.
Nunca no tom certo, mas estava sempre confiante
de que seria o centro das atenções.

Quando chegou em casa, Zoe cantou enquanto fazia suas tarefas domésticas e deveres escolares, cantou, inclusive, as novidades sobre o musical para Mamãe e Papai.

— Que ideia maravilhosa! — disse Papai, radiante.
— Você está sempre cantando!

No final da noite, Zoe cantou para embalar a si mesma no sono.

Na manhã seguinte, Mamãe disse a Zoe:
— Estou empolgada com o seu teste! Sabe, Papai e eu nunca fomos a um musical. Nós nem conseguimos cantar no tom certo! Mas amamos quando *você* canta!

— Prometo te contar tudo hoje à noite! — disse Zoe sorrindo. — Tenho certeza de que precisarei praticar todas as noites e haverá muitos ensaios. Ter o papel principal em um musical da escola traz uma *grande* pressão!

E assim ela se foi.

Na sala de aula, Zoe conversou com seus amigos.
— O seu teste é para qual papel da peça, Zoe? — perguntou Lorena.

Com olhos arregalados, Zoe respondeu:
— O papel principal, é claro! Eu serei a perfeita Maria!
Eu já sei todas as falas dela. Minha tia me levou
para ver o musical no verão passado.

Depois do almoço, os alunos correram para o auditório para assistir aos testes. Zoe e Layla pegaram os primeiros assentos bem depressa.

— Que música será que cantaremos? — perguntou Layla muito empolgada.

Então, a professora de drama, srta. Ester, entrou, vindo de trás da grande cortina vermelha. Ela estava usando um vestido verde brilhante com lantejoulas cintilantes e uma echarpe rosa bem vistosa. Seus óculos azuis brilhavam diante do refletor.

— Atenção! — gritou ela. — Por favor, tomem seus assentos. Bem-vindos aos testes para *O sonho de Maria!* Quando eu chamar o seu nome, venha para o palco. Você terá uma oportunidade para o teste e os resultados serão publicados amanhã. Boa sorte para todos!

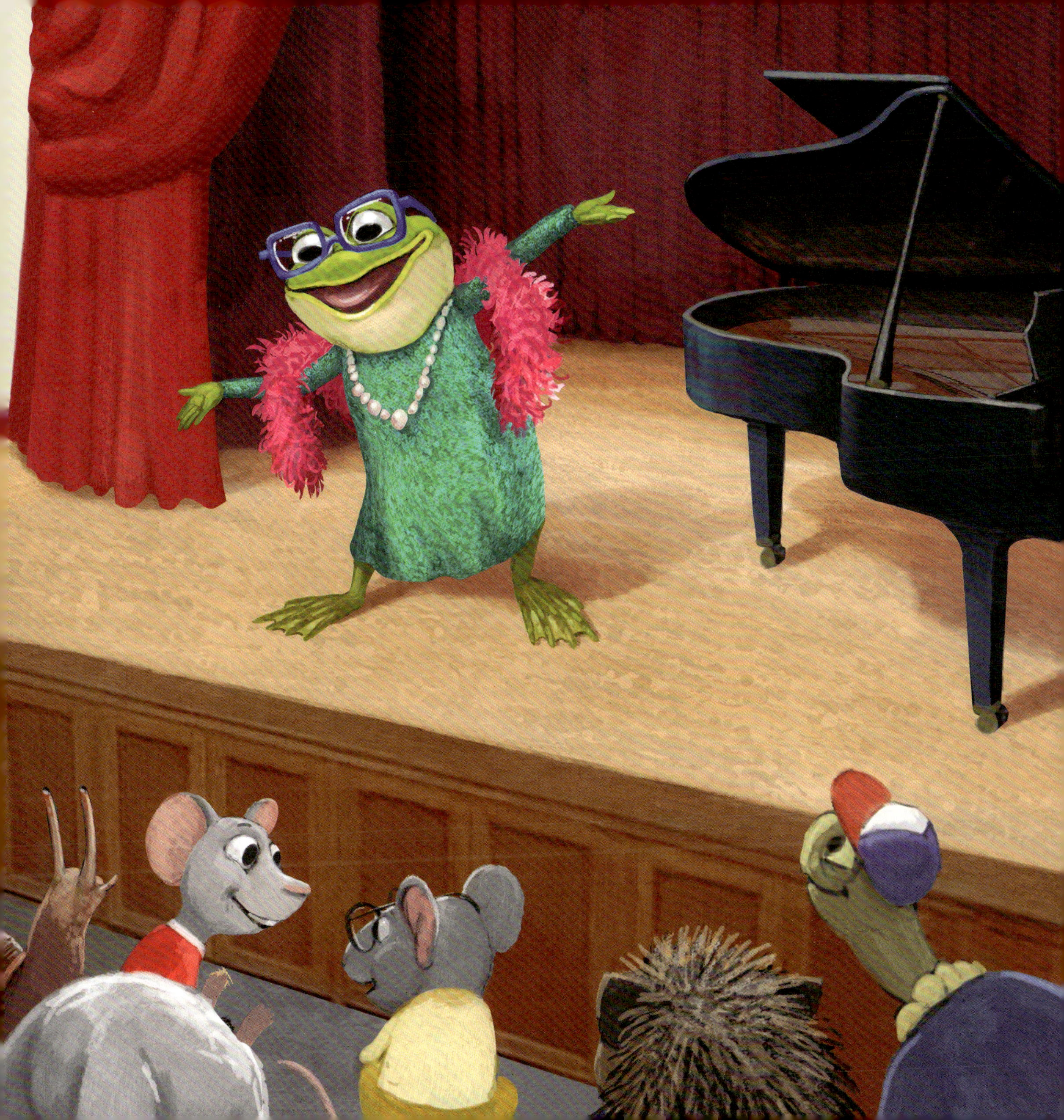

Um por um, praticamente todos os animais da campina tiveram sua oportunidade.
Porém, apesar dos talentos muito impressionantes de seus colegas,
Zoe *ainda* estava certa de que conseguiria o papel principal.

Quando sua vez chegou, Zoe marchou para o palco com imensa confiança. Ela disse:
— Eu estou pronta, srta. Ester —, e então sussurrou:
— Eu amo *O sonho de Maria* — e piscou o olho para a srta. Ester.

A srta. Ester começou a tocar o piano e Zoe começou a cantar. Ela cantou tão extremamente fora do tom que, por trás dos seus óculos azuis cintilantes, um dos olhos da srta. Ester parecia estar tremendo, enquanto sua pálpebra se levantava cada vez mais! Com dificuldade, a srta. Ester conseguiu terminar a canção…
com muita dificuldade. E então ela coaxou:
— Ah… obrigada. Por favor,
volte ao seu lugar.

Depois que todos haviam feito o teste, a srta. Ester anunciou:
— Eu publicarei os resultados amanhã de manhã. Como não há papéis suficientes para todos, considere servir em outras funções, como equipe de palco, iluminação ou figurino. Espero ver muitos de vocês de volta amanhã!

Zoe sussurrou a Layla:
— Oh, é claro que nós estaremos de volta amanhã!

Na manhã seguinte, Zoe acordou muito cedo, tomou banho super depressa e chegou à casa da Layla com animação extra.
Layla abriu a porta e esfregou os olhos.
— Que horas são? Eu acabei de acordar!

— É hora de ir ver nossos nomes na lista! Vamos! — gritou Zoe.
Layla foi se aprontar apressadamente e logo estava de volta à porta.

Mas, quando elas já conseguiam
avistar a escola, perceberam que não eram
as únicas a madrugarem.
Vários outros colegas de classe já estavam lendo a lista.
Alguns gritavam e celebravam.
Outros se distanciavam fungando.

Tendo chegado perto o suficiente para ler,
Zoe procurou pelo papel de Maria.
— Onde está? Onde está? — disse ela para si mesma,
procurando. E então ela encontrou...
bem ao lado do nome da Layla!

Deve haver algum engano, pensou Zoe. Ela pesquisou freneticamente pelo restante da lista. *Eu devo estar aqui em algum lugar!* Mas, mesmo quando chegou ao final, seu nome ainda não podia ser visto.
Desanimada e constrangida,
ela afastou-se da lista.

— Isso é impossível, pensou Zoe. Eu devia ser Maria. Ela deu mais um passo atrás, e outro, até que tocou na... srta. Ester!

— Bom dia, Zoe! Eu esperava te encontrar! Ouça, estou pensando se você poderia me ajudar com as luzes para o show. Por conhecer *O sonho de Maria* tão bem, você será perfeita! O que você me diz? Pode tentar?

Zoe respondeu:
— Perdão, mas estou atrasada para a escola. Vejo a senhorita mais tarde!
Então saiu apressadamente. Mas não para a escola. Ela correu o caminho inteiro para casa.

Zoe não cantou até chegar em casa.

Ela nem mesmo sorriu.

Ela simplesmente correu e correu. E chorou.

Zoe entrou no bangalô na ponta dos pés, passou pelo corredor e foi direto para dentro do armário. Lá, ela se sentou sozinha, enrolada em seu cobertor lilás, lembrando-se do teste e da lista. Lembrou-se da sala de aula e de quão confiante ela demonstrou estar na frente dos seus amigos. *Agora, o que eles pensarão de mim?*
Eu nem posso voltar!

— Zoe — chamou Papai. — É você?

Ele apareceu por trás da cortina.
— Olá! Estou surpreso em te ver. A aula terminou mais cedo?

— Não — respondeu Zoe fungando.

— E eu pensei que hoje seria o grande dia!

— E foi.

— Ah — respondeu Papai, agachando-se próximo a Zoe.
— Posso ficar com você?

Zoe acenou que sim.
— Eu nem entrei na lista — disse ela chorando.
Eu disse a todos que eu estaria na lista e não estou! Em vez disso, agora a srta. Ester quer que eu ajude na iluminação!

— Sinto muito, querida. Eu sei o quanto isso significava para você e como estava empolgada.

O nariz rosa de Zoe fungou.

— Eu entendo por que você quer se esconder.

— O senhor entende? — perguntou Zoe.

— Claro! É difícil encarar outras pessoas quando nos sentimos envergonhados.

— Eu não consigo encará-los! — lamentou Zoe. —
Eu não posso voltar para a escola sozinha.

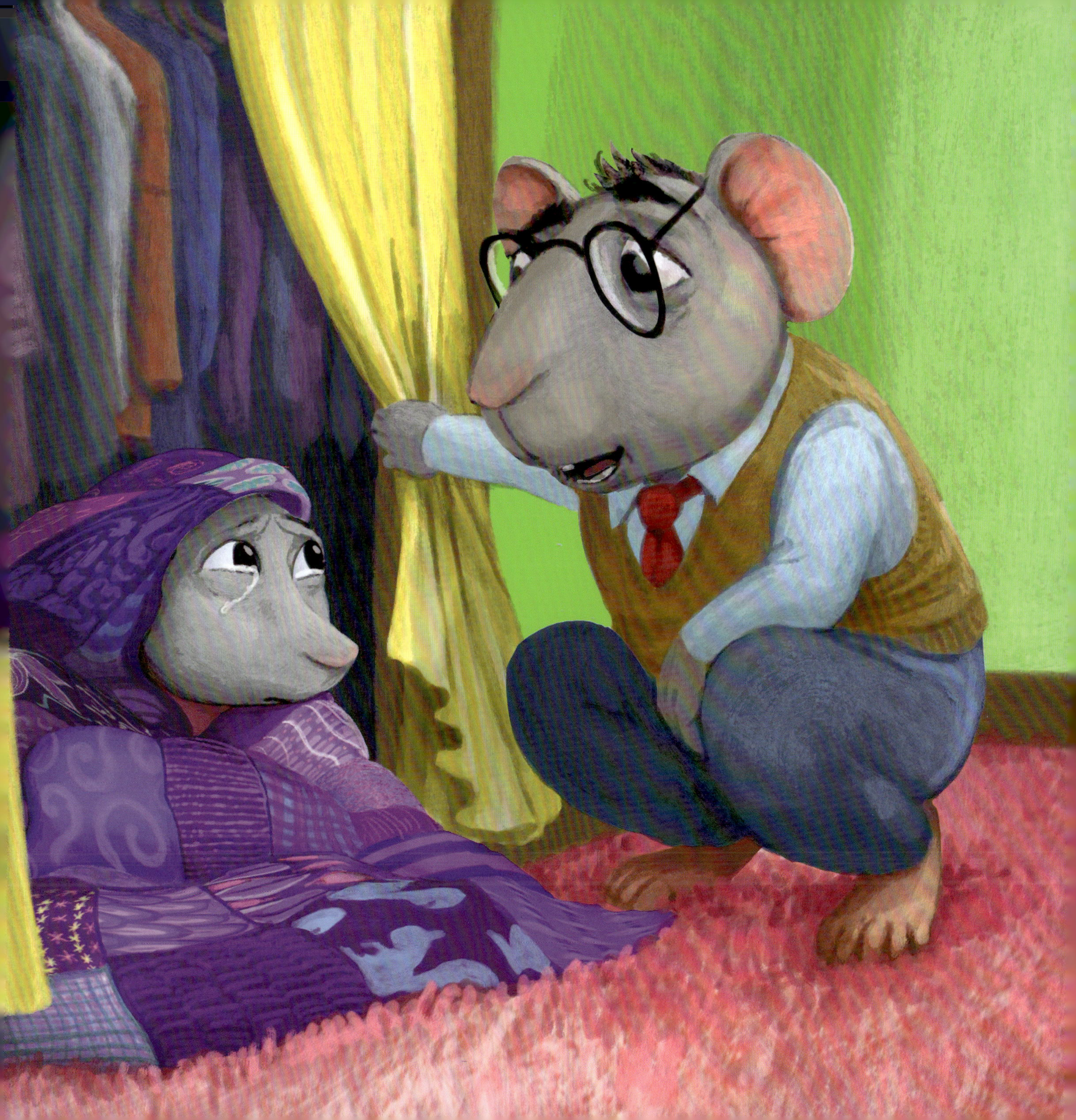

— Eu posso ir com você — ofereceu Papai.

— Não! — disse Zoe. — Isso seria mais constrangedor ainda.

Assentindo com a cabeça, Papai disse:
— Sabe, Zoe, certa vez, no meu trabalho, eu tive uma reunião muito importante em que meu chefe e todos os outros consideraram que meu relatório estava terrível. Eu queria correr da sala e me esconder. Mas eu sabia que aquilo iria simplesmente tornar a situação pior. Em vez disso, eu pensei em Jesus sentado bem ao meu lado me protegendo. Quando a pessoa certa está conosco, faz toda a diferença.

— Mas Jesus está realmente tão perto assim? — perguntou Zoe.

— Sim — disse Papai. — O Grande Livro nos diz que Jesus nunca deixará aqueles a quem ama.

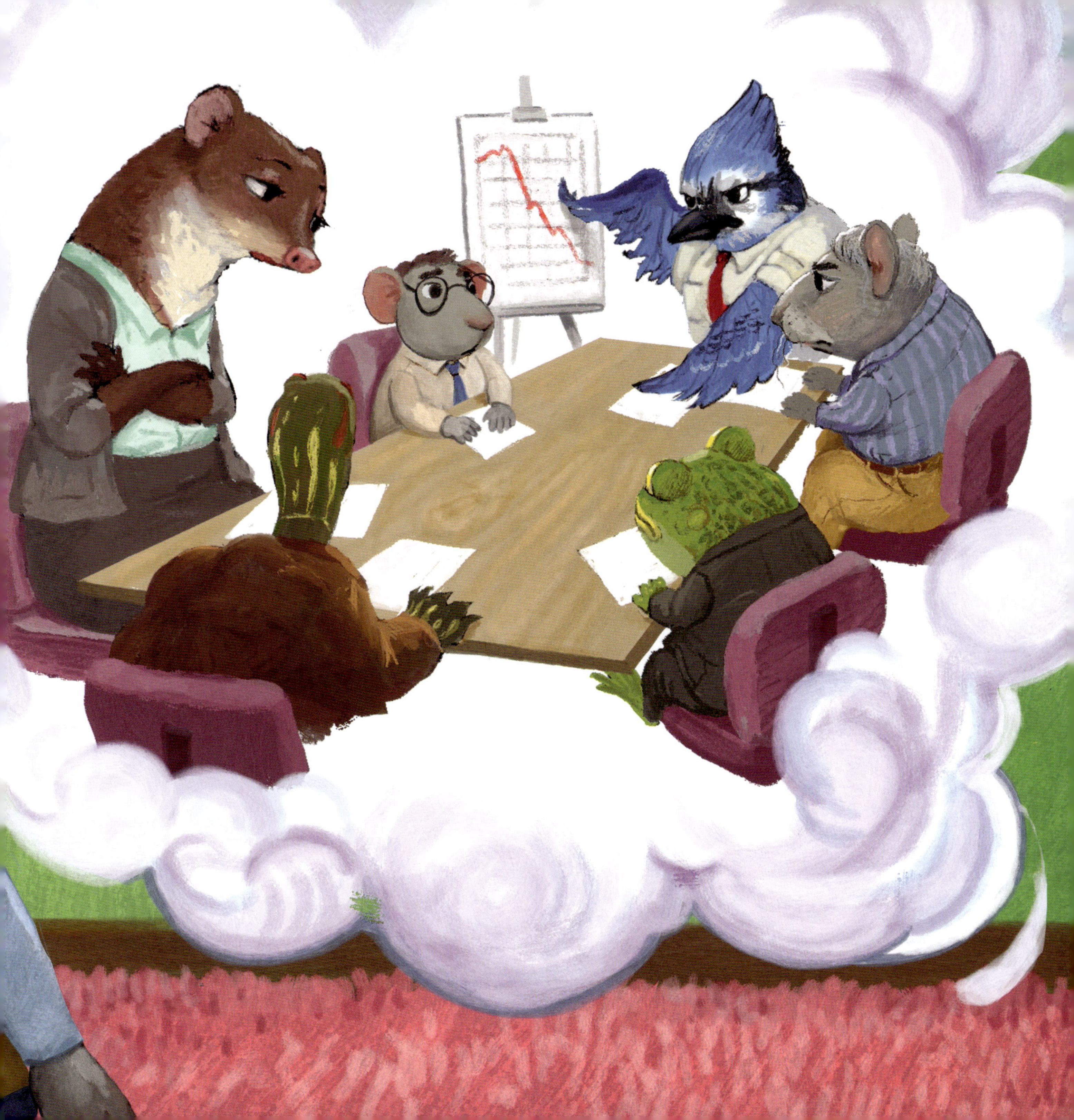

Zoe olhou para Papai.
— Mas como o fato de Jesus estar comigo me ajudará quando meus amigos zombarem de mim?

Papai olhou para a face preocupada de Zoe e sorriu.
— Você já ouviu falar sobre a armadura de Deus no Grande Livro? Em vez de se esconder, você pode pensar sobre como Jesus te protege com sua armadura.

— Jesus te envolve em seu cinto da verdade, esse cinto se refere a todas as promessas que ele faz a você. Ele promete que te ama e sempre te perdoa quando você precisa ser perdoada.
Ele te ama independente do que seus amigos possam pensar ou dizer de você.
Ele te ama quando você é a melhor e ele te ama quando você não é escolhida para o musical de primavera.

Ele também te veste com a couraça da justiça — ela protege o seu coração quando você se sente fracassada. É como a armadura de um soldado. Ela pertence a Jesus e ele permite que você a use. Mesmo que você faça algo errado, ou até mesmo se alguém não gosta de você, você estará segura. Jesus é a sua proteção.

E há também o escudo da fé. Crer que Jesus está sempre com você te protege e te faz sentir-se mais forte. Jesus é muito forte e te ajuda a se sentir forte também.

Quando você voltar para a escola, Jesus será o seu escudo para que você esteja toda coberta, protegida, e não tenha que se esconder no armário.

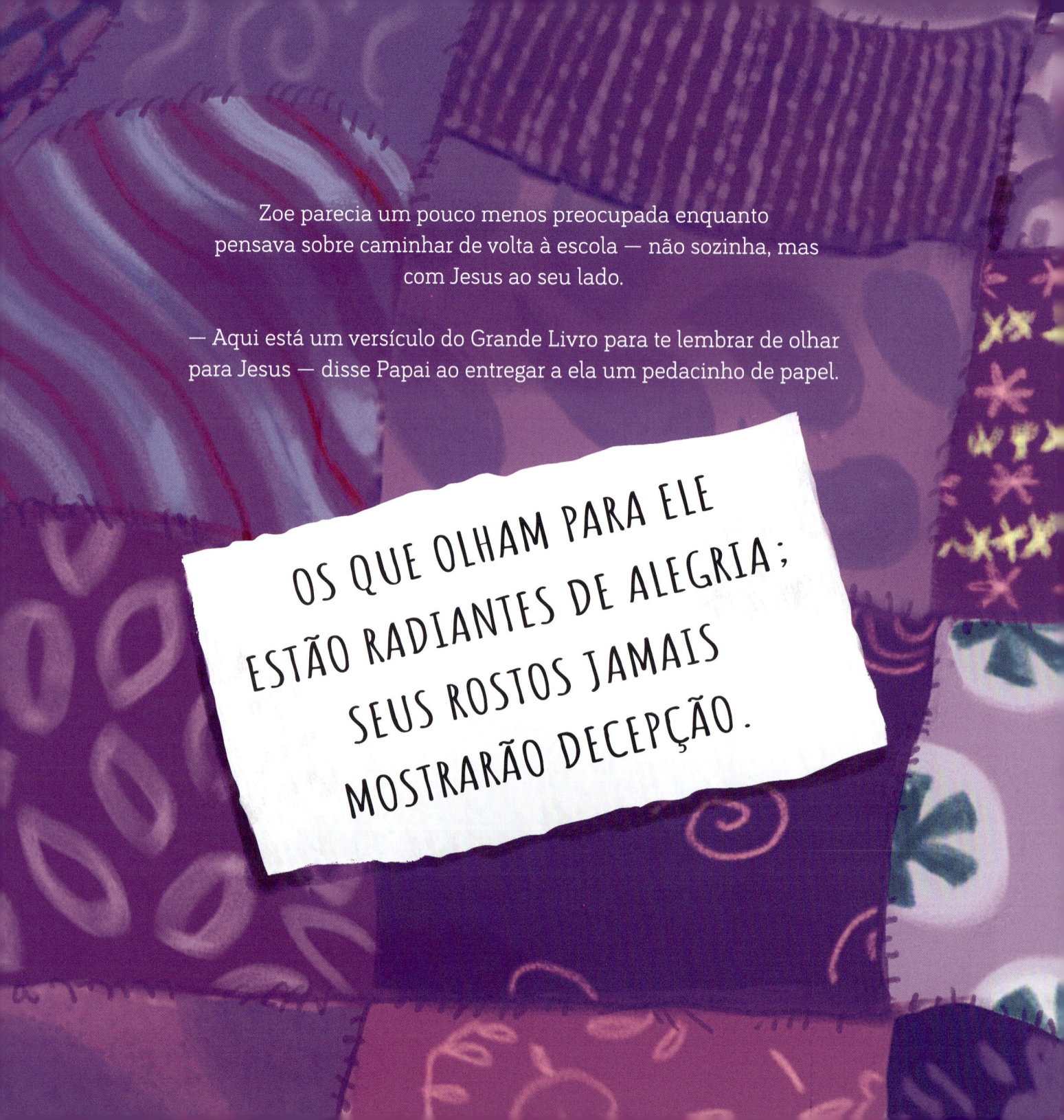

Zoe parecia um pouco menos preocupada enquanto pensava sobre caminhar de volta à escola — não sozinha, mas com Jesus ao seu lado.

— Aqui está um versículo do Grande Livro para te lembrar de olhar para Jesus — disse Papai ao entregar a ela um pedacinho de papel.

OS QUE OLHAM PARA ELE ESTÃO RADIANTES DE ALEGRIA; SEUS ROSTOS JAMAIS MOSTRARÃO DECEPÇÃO.

Zoe leu o versículo e sorriu.
— O senhor se importa se eu levar esse papel comigo para a escola?

— Creio que essa é uma ótima ideia — disse Papai.

A cada passo do seu caminho de volta à escola,
Zoe orou as palavras: *Os que olham para ele estão radiantes de alegria;
seus rostos jamais mostrarão decepção.*

E foi aí que ela teve uma ideia.

Várias semanas depois, na noite de abertura de *O sonho de Maria*, Zoe estava nos bastidores, preparando cada luz para a hora do show. A srta. Ester estava correndo para todos os lados freneticamente, conferindo os trajes e a maquiagem de todos. Layla fazia exercícios de respiração.
Os pais aguardavam ansiosamente.
O auditório estava completamente lotado.

O coração de Zoe batia apressadamente com empolgação enquanto a música começava a tocar e a bateria a tamborilar. Todo o elenco tomou seus lugares. Layla colocou-se em posição no centro do palco.

E então foi a vez de Zoe brilhar…
Ela fez as luzes resplandecerem sobre todos os seus amigos!
Todos eles pareciam
completamente radiantes.

> "Os que olham para ele estão radiantes de alegria; seus rostos jamais mostrarão decepção."
>
> Salmos 34.5

Ajudando crianças que querem se esconder

Pense primeiramente em si mesmo e em como você, assim como todas as outras pessoas, ainda se esconde. Podemos não nos esconder no armário, mas todos nós temos partes que preferiríamos que não fossem vistas. Nós não queremos que nossos pecados sejam vistos, e, como Zoe, não queremos que nossos erros ou desempenhos de qualidade inferior estejam à mostra. Todos nos preocupamos com nossa reputação. Não queremos ser considerados não aceitos. Não queremos estar entre os excluídos ou ignorados. Não seria ótimo se nossos filhos pudessem aprender como falar com Jesus sobre isso em vez de simplesmente se tornarem mais habilidosos em parecerem bonzinhos exteriormente?

Zoe se sentiu envergonhada. Vergonha é a experiência de se sentir não aceito, menos que outros ou diferente. Algumas vezes nós sentimos vergonha porque fizemos algo errado e podemos ir a Jesus e pedir perdão, mas a vergonha é mais frequentemente o resultado de ser maltratado ou simplesmente de acreditar que somos insuficientes em algo e que não nos encaixamos.

Observe a linguagem da vergonha: inferior, fraco, inadequado, rejeitado, perdedor, nada, diferente, ignorado, fracassado, intimidado, desajustado, desagradável, estúpido, impopular, acanhado, indesejado, encarado, último. O seu filho/filha inevitavelmente terá alguns desses sentimentos. A boa-nova é que Deus sabe que vergonha faz parte da condição humana, e ele está fazendo algo a esse respeito. Desde Adão e Eva, as pessoas se escondem e Deus as busca com amor. Ele fala palavras que nos edificam quando nos sentimos não aceitos e incapazes de sermos restaurados.

Maneiras de prosseguir com o amor de Deus e as palavras de Deus

1. **"Derrame o coração" (Sl 62.8).** Crianças precisam de ajuda para expressar suas emoções com palavras. Quanto mais falarem, melhor. Você pode dizer algo como: "Deus gosta que você fale com ele. Ele gosta quando você lhe diz o que foi ótimo no seu dia, o que foi difícil e onde você precisa de ajuda. Vamos fazer isso agora. Você quer orar comigo?". É assim que vivemos com aqueles que amamos e é assim que vivemos com nosso Deus que nos ama. Nós falamos o que está em nosso coração. Os salmos podem nos guiar. Você tem um salmo favorito que possa compartilhar com os seus filhos para ajudá-los a expressar com palavras a experiência deles? Você pode tentar os Salmos 34, 91, 130 e muitos outros.

2. **Conecte a história deles à Bíblia.** O seu desafio como pai/mãe é relacionar os conflitos da vida cotidiana às boas palavras de Deus. Nesse caso, roupas podem ser essa conexão. Lembre aos seus filhos que Jesus nos dá nova roupagem. A maioria das crianças tem certo entendimento de que as roupas certas — as roupas legais — podem trazer certa dignidade à vida. Na Bíblia, as pessoas nunca podiam ser vestidas adequadamente com suas próprias roupas. Elas precisavam das roupagens de Deus. A Bíblia começa com roupas feitas por Adão e Eva, de folhas de figueira, e termina com o traje de casamento das bodas do Cordeiro (Ap 19.7-8). Nesse ínterim, pense na túnica de José (Gn 37.3), nas vestimentas sacerdotais (Ex 28) e nas roupas que Deus nos dá para a nossa luta espiritual (Ef 6.11-17). O início da conversa pode ser assim: "A maioria de nós tem roupas que realmente gosta de vestir. Você tem algo favorito para vestir? Quando confiamos em Jesus, ele nos cobre de tal forma que não precisamos nos esconder. Ele nos dá novas roupas que são as melhores. Na verdade, ele nos faz parecer fortes. Como um soldado com lanças, espadas, armaduras e escudos". Então, como o Papai de Zoe fez, enfatize Efésios 6.11-17.

3. **Conecte a história deles a Jesus.** As roupas nos mostram que estamos conectados a uma pessoa muito importante. Elas são as roupas de Jesus e elas nos lembram de que ele é quem nos veste. A vergonha nos faz sentir muito sozinhos. As novas roupas dadas por Jeusus nos lembram de que ele nos escolheu para a sua equipe e que ele é o Rei. A nossa própria reputação não é suficiente. É por isso que nos associamos com aquelas que pensamos ser as pessoas certas. Crianças que estão familiarizadas com o fracasso podem saber que a nova roupa dada por Jesus indica que ele é o melhor amigo delas — somente melhores amigos nos deixam usar sua roupa — e nada poderia ser melhor. A Bíblia explica isso assim: "Assim diz o Senhor: 'Não se glorie o sábio em sua sabedoria nem o forte em sua força nem o rico em sua riqueza, mas quem se gloriar, glorie-se nisto: em compreender-me e conhecer-me" (Jr 9.23-24). Suas palavras para nós "eu o chamei pelo nome; você é meu" (Is 43.1) são o melhor conforto depois da rejeição e do fracasso.

4. **Repita.** A vergonha não será eliminada completamente hoje. Em vez disso, o Espírito de Deus nos lembra dessas verdades e nos ensina mais. Ele nos lembra de que Jesus, na verdade, sabe o que é não ser aceito pelo mundo. As pessoas até tomaram suas roupas. Então, tendo se tornado como nós, ele convida a nos unirmos a ele quando ressuscitar dos mortos e nos vestir com seus trajes reais. Ele nunca nos deixa sozinhos, nos sentindo como se devêssemos nos esconder.

Dados Internacionais de Catalogação na Publicação (CIP)
(eDOC BRASIL, Belo Horizonte/MG)

W439h
Welch, Edward.
 A hora de Zoe brilhar: quando você quiser se esconder / Edward Welch; ilustrador Joe Hox; tradutora Meire Santos. – São José dos Campos, SP: Fiel, 2023.
 22 x 22 cm – (Boas-Novas para os Coraçõezinhos; v. 12)

 Título original: Zoe's time to shine: when you want to hide
 ISBN 978-65-5723-262-0

 1. Confiança – Aspectos religiosos. 2. Crianças – Vida cristã. 3. Literatura infantojuvenil. I. Hox, Joe. II. Santos, Meire. III. Título.
 CDD 028.5

Elaborado por Maurício Amormino Júnior – CRB6/2422

A Série Boas-novas para os Coraçõezinhos é escrita por Jocelyn Flenders. Jocelyn é formada pelo Lancaster Bible College, com experiência em estudos interculturais e aconselhamento. Ela é escritora, editora e vive na grande Filadélfia.

A hora de Zoe brilhar: quando você quiser se esconder

Traduzido do original em inglês
Zoe's time to shine: when you want to hide

Copyright do texto © 2022 por Edward T. Welch
Copyright da ilustração © 2022 por Joseph Hoksbergen

Publicado originalmente por
New Growth Press, Greensboro, NC 27404, USA

Copyright © 2021 Editora Fiel
Primeira edição em português: 2023

Todos os direitos em língua portuguesa reservados por Editora Fiel da Missão Evangélica Literária. Proibida a reprodução deste livro por quaisquer meios sem a permissão escrita dos editores, salvo em breves citações, com indicação da fonte.

Todas as citações bíblicas foram retiradas da Nova Versão Internacional (NVI), salvo quando necessário o uso de outras versões para uma melhor compreensão do texto, com indicação da versão.

Diretor: Tiago Santos
Supervisor Editorial: Vinicius Musselman
Editora: Renata do Espírito Santo
Coordenação Editorial: Gisele Lemes
Tradução: Meire Santos
Revisão: Zípora Dias Vieira
Adaptação, Diagramação e Capa: Rubner Durais
Ilustrações da capa/interno: Joe Hox, joehox.com
ISBN (impresso): 978-65-5723-262-0
ISBN (eBook): 978-65-5723-261-3

Impresso em Dezembro de 2024,
na Hawaii Gráfica e Editora

FIEL Editora
Caixa Postal 1601
CEP: 12230-971
São José dos Campos, SP
PABX: (12) 3919-9999
www.editorafiel.com.br